Adventszauber und Lichterglanz

DANIELA WINTER

Adventszauber *und* Lichterglanz

24

himmlische Rezepte
und Lesemomente
bis Weihnachten

VERLAGSGRUPPE PATMOS

PATMOS
ESCHBACH
GRÜNEWALD
THORBECKE
SCHWABEN
VER SACRUM

Die Verlagsgruppe
mit Sinn für das Leben

Verlagsgruppe Patmos in der Schwabenverlag AG,
Senefelderstr. 12, 73760 Ostfildern
www.thorbecke.de

FSC www.fsc.org MIX Papier | Fördert gute Waldnutzung FSC® C129413

Gestaltung: Finken & Bumiller, Stuttgart
Abbildungen: © StockFood/Profimedia: Seite 10, 14, 18, 26, 38, 50, 62, 66, 74; © StockFood/Gräfe & Unzer Verlag/Eising Studio: Seite 22; © StockFood/Ekblom, Ulrika: Seite 30; © StockFood/Immediate Media/Good Food: Seite 34; © StockFood/Are Media/Are Media: Seite 42, 94; © StockFood/News Life Media: Seite 46; © StockFood/Nölke, M.: Seite 54; © StockFood/Eising Studio: Seite 58; © StockFood/Parissi, Lucy: Seite 70; © StockFood/Gräfe & Unzer Verlag/Neubauer, Mathias: Seite 78; © StockFood/für ZS Verlag/Brachat, Oliver: Seite 82; © StockFood/Baranouskaya, Hanna: Seite 86, 90; © StockFood/Schall, Ewgenija: Seite 98; © StockFood/Wala, Kasia: Seite 102; Illustrationen: Shutterstock.
Weihnachtsgeschichte: © Jan Thorbecke Verlag
Rezepte: Stockfood Rezepte Service
Druck: Print Best OÜ, Viljandi
Hergestellt in Estland
ISBN 978-3-7995-2116-1

INHALT

Ich bin leicht wie eine Feder,
glücklich wie ein Engel,
fröhlich wie ein Schuljunge
und übermütig wie ein Betrunkener!
Fröhliche Weihnachten allen Menschen!
Der ganzen Welt ein glückliches neues
Jahr! Hurra! Juhuu! Hurra!

Charles Dickens, Eine Weihnachtsgeschichte

Vom Zauber der ADVENTSZEIT

In der Adventszeit ticken die Uhren anders als im Rest des Jahres: Manchmal scheint die Zeit viel schneller zu vergehen, wenn ich zum Beispiel noch viel für Weihnachten vorbereiten muss, während sie in anderen Momenten fast schon innezuhalten scheint. Es sind gerade die leisen Momente, die den Zauber dieser besonderen Wochen ausmachen: Der Duft von frisch gebackenen Plätzchen und das Licht der Kerzen am Adventskranz. Der Klang vertrauter Weihnachtslieder, die uns an früher erinnern, und die Wärme in unseren Händen, wenn wir eine Tasse Weihnachtspunsch halten.

Die Adventszeit lädt uns ein, den Moment zu genießen. Sie ist eine Zeit der Vorfreude und der Dankbarkeit – und manchmal, inmitten des Trubels, auch eine Zeit, um still zu werden und das Herz für die wahre Bedeutung von Weihnachten zu öffnen: Denn nicht die Menge der Geschenke, der perfekt geschmückte Weihnachtsbaum oder das aufwenige Festmenü machen Weihnachten aus, sondern das Gefühl der Liebe und unsere Nähe zu anderen. Das erfährt auch Anne in meiner Weihnachtsgeschichte durch drei Begegnungen mit besonderen Menschen, durch die sie ihr Vergnügen am Fest wiederentdeckt.

Für die kulinarische Vorfreude auf das Fest sorgen 24 Rezepte für köstliche Weihnachtsleckereien, die Tag für Tag auf die schönste Zeit des Jahres einstimmen.

Eine wundervolle Adventszeit und das fröhlichste Weihnachtsfest von allen!

Ihre Daniela Winter

1

Annes WEIHNACHTS-GESCHICHTE

Leise zieht Anne die Haustür von außen hinter sich zu und atmet einmal tief ein. Die kalte Luft füllt ihre Lungen, sorgt aber leider nicht dafür, dass sich ihr gar nicht weihnachtlicher Ärger abkühlt. Sie rechnet damit, dass jeden Moment Stimmengewirr von drinnen zu hören ist, wenn die Familie ihre Abwesenheit bemerkt. Doch alles bleibt still. Eigentlich wollte sie ja nur kurz vor die Tür, um wieder zu Atem zu kommen, doch fast wie von selbst setzen sich ihre Füße in Bewegung. Ihre kleine Tasche mit dem Geldbeutel hängt sie sich über die Schulter und ignoriert dabei bewusst die Frage, warum sie zum Nur-mal-kurz-Luftschnappen überhaupt eine Tasche mitgenommen hat.
Es ist dunkel, es nieselt, und jedes der vorbeifahrenden Autos spritzt einige Tropfen schmutzbraunes, kaltes Wasser an ihre Hosenbeine. Es ist der Abend des 23. Dezembers. So hat Anne sich ihr Weihnachten wirklich nicht vorstellt! Sie weiß gar nicht, was letzten Endes das Fass zum Überlaufen gebracht hat. Seit Tagen schon hat Anne sich so sehr bemüht, Weihnachten zu einem unvergesslichen Fest für ihre Familie zu machen – so, wie sie es aus ihrer Kindheit in Erinnerung hat: mit Tannengrün und Lichterglanz, köstlichen Leckereien, Liedern und Geschenken.
Sie hat sich bei der Spedition ein paar Tage frei genommen, obwohl im Büro wirklich genug zu tun wäre. Sie hat geputzt, ganze Wagenladungen an Einkäufen nach Hause gekarrt, Geschenke eingepackt, Weihnachtskarten verschickt, gebacken und alle Dosen noch einmal mit frischen Weihnachtsplätzchen aufgefüllt. Doch irgendwie wollte die Weihnachtsstimmung bisher nicht so richtig aufkommen – weder bei ihr noch bei ihrer Familie.

SCHOKOLADEN-APRIKOSEN-PLÄTZCHEN
nach Sacher Art

Zutaten für
30–35 Plätzchen

Teig
200 g Mehl + etwas zum Arbeiten
1–2 EL Kakaopulver
80 g Puderzucker
150 g Butter
1 Eigelb
1 TL Vanilleextrakt

Außerdem
100 g dunkle Kuvertüre
Schokoladenflocken oder Schokoraspel zum Bestreuen
200 g Aprikosenkonfitüre
runder Ausstecher (1,5–2 cm Ø)

1. Für den Teig das Mehl mit dem Kakaopulver und dem Puderzucker in eine Rührschüssel sieben. Die Butter in Stücken, das Eigelb und den Vanilleextrakt zugeben. Alles krümelig zerkleinern, dann rasch zu einem glatten Teig verkneten. Den Teig in Frischhaltefolie wickeln und ca. 30 Minuten kühl stellen.
2. Den Backofen auf 180 °C Ober-/Unterhitze vorheizen. Zwei Backbleche mit Backpapier auslegen.
3. Den Teig auf einer bemehlten Arbeitsfläche 3–4 mm dick ausrollen. Daraus 60–70 Quadrate (3–4 cm Kantenlänge) ausschneiden oder ausstechen. Aus der Hälfte der Plätzchen mittig noch ein Loch (1,5–2 cm Ø) ausstechen.
4. Die Plätzchen auf die vorbereiteten Bleche legen und nacheinander im Ofen nach Sicht jeweils 8–10 Minuten backen. Herausnehmen, abkühlen lassen, die Plätzchen mit dem Papier vom Blech ziehen und auf Gittern auskühlen lassen.
5. Die Kuvertüre hacken und über einem heißen Wasserbad schmelzen, dann wieder etwas abkühlen lassen. Die Plätzchen mit Loch zur Hälfte (diagonal) mit Kuvertüre bestreichen und mit Schokoladenflocken bestreuen. Die Aprikosenkonfitüre in einem Topf erwärmen, durch ein feines Sieb streichen und die Plätzchen ohne Loch damit bestreichen. Anschließend die Plätzchen mit Loch als Deckel aufsetzen. Die gefüllten Schoko-Plätzchen trocknen lassen und kühl und trocken aufbewahren.

2

Statt wie versprochen den Weihnachtsbaum aufzubauen, der schon seit letztem Wochenende auf der Terrasse steht, war Annes Mann Jan heute Mittag trotz Urlaub noch einmal ins Büro gefahren und hatte sie mit allem allein gelassen. Wie typisch, hatte Anne – halb verärgert und halb schmunzelnd – gedacht. Natürlich sind die Probleme von Herrn Hubermeier und Frau Schmidtmüller wichtiger als der Weihnachtsbaum der eigenen Familie. War ja klar.

Achselzuckend hatte sich Anne an das Backen der letzten weihnachtlichen Leckereien gemacht. Eigentlich hatte sie dabei auf Hilfe von ihrer großen Tochter gehofft. Zu zweit backen wäre doch nett! Doch Lena hatte sich den ganzen Nachmittag mit dem Handy in ihrem Zimmer verbarrikadiert, um mit ihrer besten Freundin Susa zu facetimen – Susa, die Lena wohlgemerkt erst am Tag zuvor stundenlang gesehen hatte. Einmal hatte Anne zaghaft geklopft, doch Lenas anklagender Blick und Susas fragende Stimme aus dem Telefon hatten dazu geführt, dass Anne kommentarlos den Rückzug angetreten hatte. Für Streiten fehlte ihr einfach die Energie. Und auch, um noch länger Teeniegesprächen über Jungs und Schule zuzuhören.

„Mamaaaa, ich will zu Jonas – Playstation spielen. Jonas hat ein neues Game“, tönte in diesem Moment eine Stimme von hinten. Ben, Annes 10-jähriger Sohn, kam schwungvoll auf Anne zugetrabt, blieb vor ihr stehen und schaute sie – ganz klar ein Ja erwartend – an.

„Nein“, sagte Anne bestimmt. „Heute nicht. Du weißt doch: Oma Hilde kommt nachher noch! Wir wollen doch alle gemeinsam zu Abend essen und den Baum schmücken.“

Mit der ganzen Theatralik eines Zehnjährigen warf ihr Ben einen vernichtenden Blick zu, drehte sich kommentarlos um und verschwand in seinem Zimmer. Wenig später hörte Anne die Geräusche von Bens aktuellem Lieblings-Playstation-Spiel durch die Tür dringen.

Wieder einer weniger, um mir beim Backen zu helfen. Wie schön waren doch die Zeiten, in denen die Kinder gar nicht genug vom Plätzchenausstechen kriegen konnten, dachte Anne leicht wehmütig.

LINZER
Himbeer-Plätzchen

Zutaten für 25–30 Plätzchen

Teig
200 g Mehl + etwas zum Arbeiten
100 g Zucker
125 g gemahlene blanchierte Mandeln
1 Prise Zimtpulver
1 Prise Nelkenpulver
2 EL Himbeerpulver
1 Prise Salz
½ TL Bio-Orangenabrieb
1 Ei
180 g Butter
rote Lebensmittelfarbe (optional)

Außerdem
150 g Himbeerkonfitüre
Puderzucker zum Bestäuben
Ausstecher (z. B. Herzen, Sterne, Blüten; 4–6 cm Ø)
kleine Ausstecher (z. B. Herzen, Sterne, Blüten; 1,5–2 cm Ø)

1. Für den Teig das Mehl mit dem Zucker, den Mandeln, den Gewürzen, dem Himbeerpulver, dem Salz und dem Orangenabrieb mischen, auf die Arbeitsfläche häufen und mittig eine Mulde eindrücken. Das Ei hineingeben und die Butter in Flöckchen auf dem Rand verteilen. Alles krümelig hacken und für eine intensivere Farbe nach Belieben noch ein paar Tropfen rote Lebensmittelfarbe hinzufügen. Alles rasch mit den Händen zu einem glatten Teig verkneten, diesen zu einer Kugel formen und in Frischhaltefolie gewickelt ca. 30 Minuten in den Kühlschrank stellen.
2. Den Backofen auf 180 °C Ober-/Unterhitze vorheizen. 2 Backbleche mit Backpapier belegen.
3. Den Teig auf einer bemehlten Arbeitsfläche 3–4 mm dick ausrollen und Plätzchen (z. B. Herzen, Sterne, Blüten) ausstechen. Aus der Hälfte der Plätzchen mittig ein jeweils passendes Loch (kleine Herzen, Sterne, Blüten) ausstechen. Die Plätzchen auf die vorbereiteten Bleche legen und nacheinander im Ofen ca. 10 Minuten backen.
4. Herausnehmen, kurz abkühlen lassen, mitsamt dem Backpapier vom Blech ziehen und die Plätzchen auf einem Gitter auskühlen lassen. Die Plätzchen ohne Loch dünn mit der leicht erwärmten Himbeerkonfitüre bestreichen und mit einem passenden Gegenstück belegen. Leicht andrücken, trocknen lassen und die Himbeerplätzchen leicht mit Puderzucker bestäubt servieren.

3

Selbst die Haustiere der Familie hatten sich heute gegen sie verschworen. Katze Minou hatte es geschafft, nicht nur einmal, sondern sogar zweimal die Tüte mit dem Mehl auf den Boden zu stoßen – sehr zur Freude von Hündin Kira, die sich mit Begeisterung daran gemacht hatte, die staubige Schweinerei aufzulecken. Der aufgeregt wedelnde Schwanz und die großen Pfoten des Mischlings hatten ihren Teil dazu beigetragen, das Mehl in den umliegenden Räumen zu verteilen. Normalerweise hätte Anne über dieses Chaos gelacht, sich den Mopp gegriffen und hinter ihrer Hündin gewischt – doch es war Weihnachten! Anne fühlte sich in diesem Moment einfach nur erschöpft. Dabei wollte sie doch gerade heute so sehr, dass alles perfekt war. Vor allem, weil doch demnächst ihre Schwiegermutter käme.

Gegen 17 Uhr schickte Jan schließlich eine Nachricht: Er würde sich verspäten – ob sie nicht vielleicht seine Mutter vom Bahnhof abholen könne? Spätestens in diesem Moment begann es leise in Anne zu brodeln, doch im Geiste der Weihnachtstimmung beschloss sie, ihren Ärger herunterzuschlucken. Es sollte doch alles friedlich sein. Schließlich war morgen Weihnachten!

Um genervte Blicke ihrer Kinder zu vermeiden, informierte sie die beiden nur über eine Nachricht in der Familiengruppe, dass sie kurz zum Bahnhof fahren würde, um Oma Hilde zu holen, und in 20 Minuten zurück sei. Dann stellte Anne den Herd aus, auf dem die Kürbissuppe für heute Abend vor sich hin köchelte, und brach auf, um ihre Schwiegermutter abzuholen.

MERINGUE-KEKSE

mit Lemon-Curd-Füllung

Zutaten für
35–40 Kekse

Teig
150 g Mehl + etwas zum Arbeiten
50 g Puderzucker
1 Prise Salz
40 g gemahlene blachierte Mandeln
1 Ei
100 g Butter

Baisermasse
4 Eiweiß
160 g Zucker
30 g Puderzucker

Zitronencreme
175 g weiche Butter
70 g gesiebter Puderzucker
60 g Lemon Curd
1 EL Limoncello

Außerdem
runde Ausstecher (ca. 5 cm Ø)

1. Für den Teig das Mehl mit dem Puderzucker und dem Salz sieben, mit den Mandeln mischen und auf einer Arbeitsfläche anhäufen. Mittig eine Mulde eindrücken und das Ei hineingeben. Die Butter in kleinen Stücken auf dem Mehlrand verteilen. Alles krümelig hacken und mit den Händen rasch zu einem glatten Teig verkneten. Den Teig zur Kugel formen und in Frischhaltefolie gewickelt mindestens 1 Stunde kühl stellen.
2. Den Backofen auf 180 °C Ober-/Unterhitze vorheizen.
3. Den Teig auf einer bemehlten Arbeitsfläche 4–5 mm dick ausrollen und daraus 35–40 Kreise ausstechen. Diese auf ein mit Backpapier belegtes Backblech legen und im Ofen in 10–12 Minuten goldgelb backen. Herausnehmen, etwas abkühlen und die Kekse auf Kuchengittern auskühlen lassen.
4. Für die Baisermasse das Eiweiß mit der Hälfte des Zuckers in einen Metallrührkessel geben und über einem heißen Wasserbad mit dem Schneebesen aufschlagen, bis der Zucker sich aufgelöst hat. Anschließend in eine Rührschüssel füllen und zu steifem Schnee schlagen, dabei den übrigen Zucker und anschließend den Puderzucker einrieseln lassen. Weiterschlagen, bis der Eischnee Spitzen zieht. Die Baisermasse in einen Spritzbeutel mit Sterntülle geben.
5. Den Backofen auf 100 °C Ober-/Unterhitze vorheizen. Ein Backblech mit Backpapier belegen und 35–40 Baisertupfen aufspritzen. Die Meringues in ca. 50 Minuten hell backen, dann im ausgeschalteten Ofen trocknen lassen.
6. Für die Creme die weiche Butter mit dem gesiebten Puderzucker hellcremig rühren. Das Lemon Curd und den Limoncello kurz untermengen und alles zu einer spritzfähigen Creme verrühren. Bei Bedarf noch etwas Puderzucker einarbeiten. Die Zitronencreme in einen Spritzbeutel mit Lochtülle füllen und jeweils 1 Tupfen Zitronencreme auf die Plätzchen spritzen. Darauf jeweils 1 Meringue setzen, leicht andrücken und die Kekse servieren.

4

Als Anne wegen schwieriger Parkplatzsuche völlig abgehetzt fünf Minuten zu spät am Gleis ankam, stand Hilde bereits ungeduldig da.

„Wo bleibst du denn?“, fragte sie anklagend. „Mir ist kalt, ich bin müde, und die Züge waren grässlich überfüllt. Ich musste mein Köfferchen unter meine Füße stellen, stell dir nur vor. Mir tut alles weh!“

Sie verzog leidend das Gesicht, als habe man ihr zugemutet, die zweihundert Kilometer zu Fuß zu gehen und dann unverschämterweise vergessen, auf den letzten Metern einen roten Teppich auszulegen.

Anne atmete einmal tief ein und platzierte ein – möglicherweise etwas forciert wirkendes – Lächeln in ihr Gesicht.

„Dann komm erstmal mit nach Hause. Dort ist es zumindest warm. Leider parke ich ein Stück weg.“

Hildes Blick angesichts dieser Nachricht sprach Bände: Natürlich war Anne einfach unfähig, einen vernünftigen Parkplatz zu finden. Ihr Sohn Jan hingegen – der hätte seinen Wagen für Hilde bestimmt direkt vor der Tür geparkt oder sie auf Händen getragen. Samt Gepäck. Und Handtasche! Aber Jan war schließlich furchtbar wichtig in seiner Firma und musste dringende Arbeit erledigen, sodass sie – Hilde – nun mit dem leidigen Ersatz zurechtkommen musste. Aber was brachte man nicht alles für Opfer für die Familie! Wieder erweckte Hilde den Eindruck, als trüge sie das gesamte Leid der Welt (samt dem des kompletten Universums) auf ihren Schultern.

Anne, die Hilde mittlerweile gut genug kannte, um diesen Blick zu deuten, spürte, wie der Ärger in ihr ein bisschen lauter zu blubbern begann, sagte aber noch immer nichts und nahm stattdessen Hildes Koffer in die Hand. Innerlich sang sie „Omm“, wie es ihr die Yogalehrerin seit einer ganzen Weile schmackhaft machen wollte, jedoch bisher ohne großen Erfolg.

BRATAPFEL-CUPCAKES *mit Spekulatius*

Zutaten für 12 Cupcakes

Cupcakes
75 g Marzipanrohmasse
1 großer Apfel
2 EL Butter
2 EL flüssiger Honig
1 EL Zitronensaft
1 Ei
60 ml Pflanzenöl
225 g Mehl
2 TL Backpulver
½ TL Natron
1 Prise Salz
1 Pck. Vanillezucker
75 g Zucker
3 EL gehackte Mandeln
2 EL Rosinen

Topping
16 Spekulatius
350–400 ml Sahne
2 EL Puderzucker
1 ½ Pck. Sahnesteif

1. Die Mulden eines Muffinblechs mit Papierförmchen auslegen. Das Marzipan fein würfeln. Den Apfel schälen, vierteln, entkernen und würfeln. Die Butter in einer heißen Pfanne schmelzen lassen, die Apfelwürfel darin leicht goldbraun braten, mit dem Honig beträufeln und karamellisieren lassen. Von der Hitze nehmen, mit dem Zitronensaft beträufeln und abkühlen lassen.
2. Den Backofen auf 200 °C Ober-/Unterhitze vorheizen.
3. Das Ei in einer großen Schüssel mit dem Öl verquirlen. Mehl, Backpulver, Natron, Salz, Vanillezucker, Zucker und Mandeln mischen und unter das Ei rühren. Rosinen, Marzipan und Bratapfelwürfel zufügen und nur kurz unterrühren, bis alle Zutaten gemischt sind. Den Teig in die Förmchen füllen und im heißen Ofen ca. 20 Minuten backen (Stäbchenprobe). Herausnehmen und auskühlen lassen.
4. Für das Topping 10 Spekulatius fein zerbröseln oder im Blitzhacker zu Krümeln mahlen. Die Sahne mit dem Puderzucker und dem Sahnesteif aufschlagen, bis sie steif ist. Die Brösel unterziehen, die Sahne in einen Spritzbeutel mit großer Lochtülle geben und auf die Cupcakes spritzen. Mit je einem halben Spekulatius garnieren und sofort servieren.

5

Als sie zu Hause ankamen, hatten sich die Kinder noch immer nicht aus ihren Zimmern bewegt.

„Lena, Ben, Oma Hilde ist da!“, rief sie, doch nichts passierte.

Hündin Kira jedoch wuselte begeistert zu Hildes Füßen herum und schien sich nicht daran zu stören, dass Hilde, die keinen Dreck mochte, krampfhaft versuchte, jeden Kontakt mit Hundehaaren zu vermeiden.

Noch einmal rief Anne und bemerkte erst dann, dass ihre Schwiegermutter in der Zwischenzeit verschwunden war: Hilde, die doch eigentlich angeblich so müde war, hatte sich nämlich währenddessen statt ins Gästezimmer in die Küche bewegt und den Topfdeckel der Kürbissuppe hochgehoben, worauf sie einen fragenden Blick in Annes Richtung warf.

„Es gibt Kürbissuppe mit karamellisierten Lauchringen und dazu selbst gebackenes Brot“, beeilte sich Anne zu erklären. „Ich dachte, eine wärmende Suppe und ein gutes Brot wären nach der langen Zugfahrt genau das Richtige.“

Hilde sagte nichts darauf, doch ihre Oberlippe kräuselte sich leicht.

Während Anne jetzt alleine am Abend des 23. Dezembers durch die nassen Straßen läuft, denkt sie, dass es genau dieses Kräuseln war, welches ihr vorweihnachtliches Fass zum Überlaufen brachte. Diese winzige Bewegung der Oberlippe, diese Abschätzigkeit gegenüber der Mahlzeit, in die Anne einige Stunden Arbeit investiert hatte – genau dieser Moment war schlichtweg mehr, als sie ertragen konnte. Sie musste einfach vor die Tür gehen.

Trotzdem plagt sie ein schlechtes Gewissen: Statt wie gedacht nach kurzem Durchatmen wieder reinzugehen, hat sie die Kinder mit Oma Hilde alleine zurückgelassen. Aber sie war einfach so wütend! Sie schickt Jan eine Nachricht: „Mir geht’s gut, aber ich brauche Zeit für mich. Deine Mutter ist bei den Kindern.“ Dann schaltet sie ihr Handy aus und atmet noch einmal tief durch.

ORANGEN-CRINKLE-COOKIES *mit Mandeln*

Zutaten für 25–35 Cookies

50 g Butter
1 Bio-Orange
2 Eier
120 g Zucker
3 EL Vanillezucker
4 EL Pflanzenöl
1 ½ TL Zimtpulver
2 Prisen Salz
250 g Mehl
2 TL Backpulver
100 g gemahlene blanchierte Mandeln
100 g Puderzucker

1. Die Butter in einem Topf schmelzen lassen. Die Orange heiß waschen, trockentupfen, die Schale fein abreiben und den Saft auspressen. Die Eier, den Zucker und den Vanillezucker schaumig schlagen. Die flüssige Butter mit dem Öl, dem Orangensaft und -abrieb, dem Zimtpulver und dem Salz mischen. Das Mehl mit dem Backpulver in eine Schüssel sieben und die Mandeln untermischen.
2. Die feuchten Zutaten rasch unter die Eier-Zucker-Mischung rühren, dann die Mehlmischung unterheben. Alles homogen vermengen und den Teig abgedeckt ca. 1 Stunde kühl stellen.
3. Den Backofen auf 180 °C Ober-/Unterhitze vorheizen. Ein Backblech mit Backpapier belegen.
4. Von dem Teig mit einem Teelöffel 25–35 Portionen abstechen und zu Kugeln formen. Den Puderzucker in einen tiefen Teller sieben, die Teigkugeln darin wälzen, mit ausreichend Abstand auf das Blech setzen und im Ofen 12–15 Minuten backen.
5. Die Crinkle Cookies herausnehmen und vor dem Servieren auf einem Kuchengitter auskühlen lassen.

6

Ziellos läuft Anne durch die Straßen der weihnachtlich erleuchteten Stadt. Viele Menschen hasten mit Einkaufstaschen an ihr vorbei; plaudernde und lachende Grüppchen scheinen unterwegs zu sein zum Weihnachtsmarkt der Stadt; die meisten Fenster zur Straße hin sind weihnachtlich erleuchtet.

Aus „Elisas Bar", wo sich Anne ab und an mit ihren Freundinnen trifft, dringt Stimmengewirr auf die Straße. Durch die Fenster sieht Anne kleine und größere Gruppen von Menschen an den Tischen sitzen, lachen und feiern. Freunde, die sich vielleicht nur zur Weihnachtszeit treffen können, wenn alle in die alte Heimat zurückkehren, denkt Anne und fühlt sich ein kleines bisschen einsam. Sie hatte für die letzten Tage alle Einladungen abgesagt, um mehr Zeit für ihre Familie zu haben. Nur dass diese offensichtlich keine Zeit für sie hat.

Sie fragt sich, ob Jan inzwischen nach Hause gekommen ist. Dann versichert sie sich, dass ihre Familie versorgt ist. Die Kinder werden es vermutlich vor lauter Playstation und Facetime nicht einmal merken, dass sie nicht da ist. Niemand wird verhungern, denn sie hat für alle etwas zu essen vorbereitet, und wenn Hilde das selbstgebackene Brot nicht mag, soll sie eben Kuchen essen, denkt Anne trotzig. Dann fällt ihr ein, dass es in der Vergangenheit nicht immer gut geendet hat, wenn Menschen anderen Menschen vorschlugen, Kuchen statt Brot zu essen. Ihre Mundwinkel verziehen sich kurz zu einem Grinsen, bevor Anne sich wieder daran erinnert, dass sie eigentlich sauer ist.

LEBKUCHEN-KRANZ
mit Preiselbeerglasur

Zutaten für 1 Kranzform, ca. 24 cm Ø

Teig
250 g weiche Butter + etwas für die Form
1 Prise Salz
200 g Zucker
5 Eier
2 TL Backpulver
3 TL Lebkuchengewürz
350 g Mehl + etwas für die Form
125 g gemahlene Mandeln
1–2 TL Kakaopulver
150 ml Milch
100 g Preiselbeeren (frisch oder TK)

Guss
75 g Preiselbeeren (frisch oder TK)
1 Eiweiß
Zucker zum Wälzen
200 g Puderzucker
3 EL Zitronensaft

1. Den Backofen auf 180 °C Umluft vorheizen. Eine Kranzform (ca. 24 cm Ø) gründlich dünn mit Butter ausstreichen und mit Mehl ausstäuben.
2. Die Butter mit dem Salz und dem Zucker cremig rühren. Nach und nach die Eier unterrühren und weiß-cremig schlagen. Anschließend das mit dem Backpulver und dem Lebkuchengewürz vermischte Mehl, die Mandeln und den Kakao abwechselnd mit der Milch zügig unterrühren. Es sollte ein geschmeidiger, streichfähiger Teig entstehen. Die Hälfte davon in die Form geben, mit dem Löffel mittig rundherum eine kleine Rinne hineindrücken und die Preiselbeeren darin verteilen. Alles mit dem restlichen Teig bedecken, glatt streichen und im Ofen ca. 40 Minuten backen (Stäbchenprobe). Aus dem Ofen nehmen und vollständig auskühlen lassen.
3. Für den Guss die Preiselbeeren waschen, trockentupfen und mit verquirltem Eiweiß bepinseln, dann in Zucker wälzen, auf Backpapier auslegen und trocknen lassen.
4. Den Puderzucker mit dem Zitronensaft und Wasser nach Bedarf glatt dickflüssig anrühren. Über den Kuchen verteilen und die gezuckerten Preiselbeeren aufstreuen. Die Glasur vor dem Servieren gut trocknen lassen.

TIPP: Falls TK-Preiselbeeren verwendet werden, diese vorab in einem Sieb auftauen lassen.

7

Irgendwann kommt Anne an einer Bar vorbei, in der sie vor längerer Zeit schon einmal war und die eigentlich nicht so ihr Fall ist: zu viel Edelstahl, zu kühl und modern. Heute aber erscheint ihr das Lokal genau richtig, denn hier kann sie bei einem Getränk zur Ruhe kommen und muss nicht befürchten, dabei Freundinnen oder Bekannten zu begegnen. Anne tritt ein und setzt sich an einen hohen kleinen Tisch für zwei Personen, der etwas einsam an der Wand steht. Wie passend – der ist genauso allein wie ich, denkt Anne. Ob ihn die großen Tische nicht mitspielen lassen wollen?

Anne gönnt sich einen kühlen Rum-Ingwer-Punsch, der für heute als Special auf einer Tafel angepriesen wird. Die Atmosphäre ist ruhig, und Anne achtet kaum auf die anderen Gäste, die zu zweit oder in kleinen Gruppen vereinzelt an anderen Tischen sitzen und sich leise unterhalten. Sie versinkt in Gedanken darüber, wie ihr Abend jetzt weitergehen soll. Ist sie schon bereit, nach Hause zurückzukehren?

„Anne?“, spricht sie unerwartet jemand von der Seite an. „Bist du das? Das ist ja toll, dich mal wieder zu sehen.“

Anne hebt den Kopf und erkennt Peter, zu Schulzeiten von allen auf Englisch „Pete“ genannt, weil er das „cooler“ fand – Peter, der Annes erste Liebe war, genauso wie die der halben Schule. Ein Geist aus der Vergangenheit, der Anne heute gerade noch gefehlt hat.

Rum-Ingwer-PUNSCH

Zutaten für 4 Portionen

1 Bio-Orange
Eiswürfel
200 ml Rum oder Gewürzrum, z. B. Mince-Pie-Rum
100 ml brauner Rum
2 EL Grenadine
6 EL Limettensaft
650 ml Ingwerbier

1. Die Orange heiß waschen, trockentupfen und in Scheiben schneiden. Einen Krug zur Hälfte mit Eiswürfeln füllen. Gewürzrum, braunen Rum, Grenadine, Limettensaft und Orangenscheiben hinzufügen. Alles gut vermischen, mit Ingwerbier auffüllen und vorsichtig umrühren.
2. Jeweils 3–4 Eiswürfel und 2 Orangenscheiben in Gläser (Tumbler à ca. 300 ml) geben, den Rum-Ingwer-Punsch eingießen und servieren.

Tipps: Eiswürfel in Sternform verleihen dem Punsch eine festliche Note. Für eine alkoholfreie Variante kann man den Rum auch durch eine Mischung aus 200 ml kaltem Früchtetee und 100 ml Orangensaft ersetzen.

8

„Peter“, sagt sie kühl. „Was machst du denn hier? Musst du nicht in New York oder Dubai sein?“

Nach dem Studium war Peter als Manager groß rausgekommen; als sie ihn vor etwa zehn Jahren noch einmal beim Klassentreffen gesehen hatte, war er derart von seiner eigenen Wichtigkeit überzeugt gewesen, dass Anne schon nach einer Minute das Weite gesucht hatte.

Peter blickt etwas verlegen drein.

„Nein, ich bin über Weihnachten hier. Meine Ex-Frau hat darauf bestanden, dass ich die Kinder über Weihnachten sehe.“

„Ah, du bist also geschieden?“

„Ja, zum Glück“, antwortet Peter wie aus der Pistole geschossen. Es klingt ein bisschen so, als hätte er diese Antwort schon hundertmal gegeben.

„Familie und Beruf sind einfach nicht gut zu vereinbaren. Wenn du Erfolg haben möchtest, dann musst du einfach Opfer ... na ja, du weißt schon“, fährt Peter fort. Seine Stimme wird am Schluss immer leiser.

Dann geht ein kleiner Ruck durch seinen Körper und er setzt ein strahlendes Verkäuferlächeln auf: „Es geht mir wunderbar. Ich habe ein riesiges modernes Haus mit Blick auf die Stadt. Ich kann den Sportwagen fahren, den ich immer wollte, ohne Rücksicht auf Kindersitze oder Ähnliches nehmen zu müssen, und irgendwann demnächst, sobald ich für den Job nicht mehr so viel reisen muss, kaufe ich mir eine Yacht ...“.

Mein Haus, mein Auto, mein Boot, denkt Anne und muss ein bisschen schmunzeln. Aber wo sind die Menschen, mit denen er das Haus teilen kann?

„Wie schön, dass es dir gut geht“, sagt sie stattdessen diplomatisch.

VERSCHIEDEN *verzierte* *Madeleines*

Zutaten für 12 Madeleines

Teig
125 g Butter + etwas für die Förmchen
125 g Mehl
125 g Zucker
3 Eier
1 Prise Salz
60 g gemahlene Mandeln

Außerdem
100 g weiße Kuvertüre
80 g Zartbitter-Kuvertüre
80 g Vollmilchkuvertüre
3 EL gefriergetrocknete Himbeeren
1 EL geröstete und gehackte Haselnüsse
1–2 EL Puderzucker
Madeleine-Förmchen

1. Für die Madeleines die Butter zerlassen und abkühlen lassen. Das Mehl in eine Schüssel sieben und mit dem Zucker vermischen. Die Eier mit in die Mehl-Zucker-Mischung einarbeiten. Nach und nach die Butter, das Salz und die Mandeln hinzufügen. Den Teig ca. 1 Stunde kühl stellen.
2. Den Backofen auf 200 °C Umluft vorheizen.
3. Den Teig in 12 gebutterte Madeleine-Förmchen füllen und im Ofen in 12–15 Minuten leicht gebräunt backen. Anschließend herausnehmen, auskühlen lassen und die Madeleines aus den Förmchen lösen.
4. Die Kuvertüren separat hacken, jeweils über einem heißen Wasserbad schmelzen und wieder etwas abkühlen lassen. 2 EL der weißen Kuvertüre in einen Papierspritzbeutel füllen.
5. Die Madeleines nach Belieben in die restliche weiße Kuvertüre tauchen und mit fein gehackten gefriergetrockneten Himbeeren bestreuen oder teils in weiße, teils in Vollmilch-Kuvertüre tauchen. Alternativ das Gebäck mit dünnen weißen Kuvertürelinien verzieren. Oder die Madeleines in Zartbitter-Kuvertüre tauchen und mit gehackten Haselnüssen bestreuen. Nach Belieben die übrigen gefriergetrockneten Himbeeren mit dem Puderzucker fein mixen und die restlichen Madeleines mit rosa Puderzucker besieben.

9

„Und du? Was ist mit dir? Wolltest du nicht Reisejournalistin werden und durch die ganze Welt reisen?“, fragt Peter.

„Ja, das wollte ich“, sagt Anne mit einem Hauch Wehmut in der Stimme.

Dann erzählt sie: Von Jan und wie sie ihn an der Uni kennengelernt hat. Von Lenas und Bens Geburt, von ihrem Familienleben mit Hund und Katze und sogar von ihrer überkritischen Schwiegermutter Hilde. Davon, wie sie nie genug Zeit für sich zu haben scheint, von ihrem Auto, das nie sauber und immer voller Turnbeutel und Hundehaare ist, vom Haus, das aus allen Nähten platzt und noch immer nicht ganz abbezahlt ist.

„Und deswegen arbeite ich im Moment halbtags im Büro statt als Journalistin. Wir brauchen das Geld, und so habe ich einfach geregelte Arbeitszeiten – für die Familie“, schließt Anne.

Sie erwartet eigentlich einen abschätzigen Blick von Peter und so etwas wie „Na, dann musst du dich aber beeilen, wenn du noch Karriere machen möchtest“ oder „Also, ich habe ja eine Putzfrau“. Stattdessen verschwindet das aufgesetzte Managerlächeln während ihrer Erzählung immer mehr aus Peters Gesicht. In seine Augen tritt etwas wie Sehnsucht und – nur kurz ist sie zu sehen – tiefe Einsamkeit.

Dann ist er wieder zurück: Peter, der erfolgreiche Verkäufertyp, dem es sogar gelingt, sich sein eigenes Leben schmackhaft zu machen.

„Auf dich und deinen zukünftigen Erfolg“, sagt er und hält ihr sein Whiskeyglas zum Anstoßen hin. „Lass uns feiern gehen. Deswegen bist du doch hier, oder?“

Das ist eine gute Frage. Warum bin ich eigentlich hier?, denkt Anne.

ZUCKERSTANGEN-
Pinwheel-Cookies

Zutaten für 30 Cookies

Teig
150 g weiche Butter + etwas für das Blech
165 g Puderzucker
1 Ei
225 g Mehl + etwas zum Arbeiten
rote Lebensmittelfarbe

Zum Verzieren
80 g Puderzucker
100 g rot-weiße Zuckerstangen

1. Die weiche Butter und den Puderzucker schaumig schlagen. Das Ei gut untermixen. Das Mehl darübersieben und einarbeiten.
2. Den Teig auf einer leicht bemehlten Arbeitsfläche mit den Händen glatt kneten. In zwei Hälften teilen. Einen Teil mit Lebensmittelfarbe kräftig rot einfärben. Beide Teige flach formen und in Folie gewickelt ca. 30 Minuten kühlen.
3. Die Teige jeweils zwischen Backpapier auf ca. 20 × 30 cm ausrollen. Dann das obere Papier abziehen. Den roten Teig passgenau auf den hellen Teig legen, dabei an einer langen Seite 1 cm Rand lassen. Von dieser Seite her nun die Teige eng aufrollen. In Folie wickeln und erneut 30 Minuten kühlen.
4. Den Backofen auf 180 °C Ober-/Unterhitze vorheizen. Ein Backblech leicht fetten und mit Backpapier belegen.
5. Dann mit einem scharfen Messer knapp 1 cm dicke Scheiben abschneiden und auf das Backblech legen. Für ca. 10 Minuten backen, bis der helle Teig leicht Farbe bekommt. Mit dem Papier vom Blech ziehen und auf einem Gitter auskühlen lassen.
6. Zum Verzieren den Puderzucker mit 2 EL Wasser zu einem Guss verrühren. Die Zuckerstangen grob hacken und in ein flaches Schälchen geben. Die Ränder der Plätzchen mit Zuckerguss bestreichen und rundum in die Zuckerstangen dippen. Gut trocknen lassen.

10

„Nein“, sagt Anne nach kurzem Überlegen. „Zum Feiern bin ich nicht hier. Ich gehe jetzt.“

Anne steht auf und legt sich ihre Jacke über den Arm.

„Viel Spaß noch, Peter. Ich wünsche dir einen schönen Abend und viel Spaß mit deinem Auto.“

Dann geht sie, ohne Peters Antwort abzuwarten. Draußen schlägt ihr die feuchte, kühle Luft entgegen. Es ist mittlerweile halb neun, und Anne fragt sich, was ihre Familie wohl gerade macht. Ist Jan inzwischen zu Hause? Hat Hilde die Kürbissuppe doch ohne Murren gegessen? Hat irgendjemand eigentlich überhaupt bemerkt, dass sie nicht da ist? Oder geht alles seinen üblichen Gang – so als wäre Anne mal eben für zwei Stunden beim Yoga? Wie wäre es, nach Hause zurückzukommen und niemand hätte ihre Abwesenheit bemerkt?

Anne fühlt sich allein. Ihr Gespräch mit Peter hat ihr so richtig bewusst gemacht, was es bedeutet, einsam zu sein. In ihrem Leben gibt es oft Momente, in denen sie sich nach Zeit für sich und Ruhe sehnt. Und eine Putzfrau wäre der absolute Traum! Aber immer nur arbeiten und alleine sein? Keine Familie haben? Das ist so ziemlich das Schlimmste, was sich Anne vorstellen kann.

Erst als sie wieder an „Elisas Bar“ vorbeikommt, merkt Anne, dass ihre Füße von sich aus den Weg nach Hause eingeschlagen haben.

Haselnuss- FRANGELICO-MAKRONEN

Zutaten für
ca. 25 Makronen

200 g gemahlene Haselnüsse, am besten aus dem Piemont
4 Eiweiß
2 EL Haselnusslikör, z. B. Frangelico
1 Msp. Zimtpulver
1 Prise Salz
140 g Puderzucker
50 g Schokoladentropfen

1. Den Backofen auf 150 °C Ober-/Unterhitze vorheizen. Ein Backblech mit Backpapier auslegen.
2. Die Haselnüsse in einer trockenen Pfanne duftend rösten und wieder abkühlen lassen.
3. Das Eiweiß mit dem Likör, dem Zimt und dem Salz steif schlagen, dabei den Puderzucker nach und nach einrieseln lassen, bis das Eiweiß Spitzen zieht. Die Haselnüsse unterheben. Mithilfe eines Spritzbeutels ohne Tülle als runde Tupfen (3–4 cm Ø) mit etwas Abstand auf das Backpapier setzen, mit angefeuchteter Fingerspitze eine Vertiefung hineindrücken und diese mit je 2–3 Schokoladentropfen besetzen.
4. Im Ofen ca. 25 Minuten backen, danach vollständig auskühlen lassen und vom Backpapier abziehen. Die Makronen schmecken am nächsten Tag am besten.

11

Aber ist sie wirklich schon so weit, sich Hilde und ihrer gekräuselten Oberlippe zu stellen? Sich darüber zu ärgern, dass Jan den Weihnachtsbaum wahrscheinlich noch immer nicht aufgestellt hat und dass die Kinder sich vermutlich schon wieder mit ihren Handys in ihre Zimmer verzogen haben? Anne zögert …

Sie beschließt, erst einmal ihr Handy wieder einzuschalten und wappnet sich vorsorglich gegen eine Flut von Nachrichten à la „Mama, wo ist mein Weihnachts-Pyjama?“ oder „Wann kommst du nach Hause, die Waschmaschine macht komische Geräusche“. Aber … nichts. Da ist keine einzige Nachricht. Ihre letzte Nachricht hat Jan gelesen, und seinem Status zufolge ist er inzwischen zu Hause, aber er hat nicht darauf geantwortet. Und auch sonst will niemand etwas von ihr. Anne ist geschockt.

Dann meldet sich der Trotz. Sollen sie doch weiterhin alleine zurechtkommen! Das scheint ja so gut zu klappen. Dann kann sie doch noch feiern gehen. „Elisas Bar“ liegt nur wenige Meter hinter ihr. Anne dreht um, um sich dort in das Getümmel der feiernden Menschen zu werfen. Vielleicht ist dort jemand, den sie kennt? Jemand mit etwas weniger Haus, Sportwagen und Karriere als Peter?

Gerade als Anne die Tür öffnen will, kommt ihr ihre Kollegin Marianna entgegengepurzelt, ihren Blick nach hinten zu zwei anderen Frauen gewandt. Anne erkennt sie an ihrem lauten und fröhlichen Lachen, noch bevor Marianna sich zu ihr umdreht.

„Upps“, lacht Marianna. Und dann: „Anne? Du bist das! Sorry, dass ich dich fast umgeworfen habe. Ich sollte es mir doch endlich mal angewöhnen, beim Laufen nach vorne zu schauen.“ Wieder lacht sie.

PLÄTZCHEN MIT MARMELADENFÜLLUNG *und Joghurtglasur*

Zutaten für
35–40 Plätzchen

Teig
300 g Mehl + etwas zum Arbeiten
80 g Puderzucker
200 g Butter
¼ TL Bio-Zitronenabrieb
1 Prise Vanillepulver
1 Prise Salz
1 Eigelb

Außerdem
150 g Puderzucker
1 EL Zitronensaft
2–3 TL Joghurt
silberne, goldene und weiße Zuckerperlen
150 g Aprikosenkonfitüre
Sternausstecher (ca. 4 cm)
kleine Sternausstecher

1. Für den Teig das Mehl mit dem Puderzucker in eine Rührschüssel sieben. Die Butter in Stücken sowie die übrigen Zutaten hinzufügen, alles krümelig zerkleinern, dann rasch zu einem glatten Teig verkneten. Diesen in Frischhaltefolie wickeln und ca. 1 Stunde kalt stellen.
2. Den Backofen auf 180 °C Ober-/Unterhitze vorheizen. 2 Backbleche mit Backpapier auslegen.
3. Den Teig auf einer bemehlten Arbeitsfläche 3–4 mm dick ausrollen und Sterne ausstechen. Bei ca. einem Viertel der Sterne jeweils mittig mit einem kleinen Sternausstecher ein Loch ausstechen. Die Plätzchen auf die Bleche legen und nach Sicht nacheinander im Ofen in 8–10 Minuten goldgelb backen. Herausnehmen, kurz abkühlen lassen, mitsamt dem Papier auf ein Gitter ziehen und auskühlen lassen.
4. Den Puderzucker mit dem Zitronensaft und 2 TL Joghurt zu einer dickflüssigen Glasur verrühren. Bei Bedarf noch etwas Saft oder Joghurt untermischen. Die Hälfte der Plätzchen (alle mit Loch sowie ein Viertel der Plätzchen ohne Loch) mit der Glasur bestreichen. Die glasierten Plätzchen ohne Loch mit Zuckerperlen bestreuen und die Joghurtglasur trocknen lassen.
5. Die Aprikosenkonfitüre leicht erwärmen, durch ein Sieb streichen, auf die unglasierten Plätzchen jeweils einen Klecks Konfitüre geben und diese mit den übrigen zu Doppelsternen zusammensetzen.

12

Anne findet Marianna sehr sympathisch. Sie ist erst seit Kurzem in derselben Firma und kommt ursprünglich aus Portugal. Anne mag ihre herzliche Art und ihr fröhliches Lachen, in das Marianna jedes einzelne Mal ihr ganzes Herz legt. Jedes Lachen klingt, als gäbe es keine einzige Sorge in ihrem Leben.

„Marianna!", ruft Anne. „Wie schön, dich zu treffen! Feierst du?"

„Ja", sagt Marianna fröhlich. „Es gibt doch nichts Schöneres als Weihnachten, oder?"

Dann bittet sie Anne, kurz zu warten, und verabschiedet sich von ihren beiden Freundinnen mit einer langen, festen Umarmung und einem weiteren Lachen, bevor sie ihnen noch viel Spaß für den Abend wünscht.

Dann wendet sie sich wieder Anne zu: „Die beiden machen Party heute Abend, aber ich muss nach Hause zu Mila." Nach einer kleinen Pause fügt sie erklärend hinzu: „Meine Tochter. Sie ist acht." Und nach kurzem Nachdenken fragt sie: „Magst du vielleicht mitkommen? Mir ist noch nicht nach Schlafen, und du siehst irgendwie so aus, als könntest du jemanden zum Reden brauchen. Wir wohnen nicht weit von hier."

„Gerne", sagt Anne. „Wenn ich dich auch wirklich nicht störe."

„Ganz im Gegenteil", freut sich Marianna. „Dann lernen wir uns mal ein bisschen besser kennen. Ich fand dich von Anfang an nett. Und ich habe einen guten Rotwein offen. Vielleicht magst du ja ein Glas? Und Lebkuchen habe ich auch."

Dann hakt sich Marianna einfach bei Anne unter, als wären sie schon seit Jahrzehnten die besten Freundinnen. Auf Annes Gesicht breitet sich ein Lächeln aus.

Lebkuchen mit dunkler Kuvertüre UND ZUCKERGLASUR

Zutaten für ca. 40 Lebkuchen

Teig
5 g Pottasche
2 cl Rum
250 g Zuckerrübensirup
125 g Rohrzucker
300 g Mehl + etwas zum Arbeiten
40 g gehacktes Orangeat
½ TL Zimtpulver
1 Msp. Anispulver
1 Msp. Nelkenpulver
2–3 EL Milch

Zum Verzieren
150 g Zartbitter-Kuvertüre
1 EL Zitronensaft
80 g Puderzucker

Außerdem
runde Ausstecher (4–5 cm Ø)

1. Die Pottasche im Rum auflösen. Den Zuckerrübensirup mit 50 g Rohrzucker und 3 EL Wasser erhitzen, bis der Zucker gelöst ist. Das Mehl mit dem restlichen Zucker, dem Orangeat und den Gewürzen mischen. Mit der aufgelösten Pottasche und dem Sirup zu einem geschmeidigen Teig verkneten. In Frischhaltefolie wickeln und 6 Stunden (oder über Nacht) im Kühlschrank ruhen lassen.
2. Den Backofen auf 160 °C Umluft vorheizen.
3. Den Teig auf bemehlter Fläche ca. 5 mm dick ausrollen. Mit einem Ausstecher Kreise ausstechen und mit 2 cm Abstand auf ein mit Backpapier belegtes Backblech legen (Teigreste erneut ausrollen und ausstechen). Die ausgestochenen Lebkuchen mit der Milch bepinseln und im vorgeheizten Backofen ca. 12 Minuten backen. Vom Blech nehmen und auskühlen lassen.
4. Die Zartbitter-Kuvertüre hacken und schmelzen. Die Lebkuchen damit bepinseln und auf Kuchengittern auskühlen lassen. Aus Zitronensaft und Puderzucker einen Guss anrühren und mithilfe eines Spritzbeutels damit feine Linien über die Lebkuchen ziehen. Trocknen lassen und servieren.

13

Mariannas Altbauwohnung ist klein, aber gemütlich eingerichtet. Viele warme Erdtöne und Holz in verschiedenen Farben bilden einen bunten Mix, der aber irgendwie doch einen einheitlichen Stil ergibt. An den Wänden hängen Drucke mit Zeichnungen von Früchten und Kräutern, und auf jedem Fensterbrett oder Regal steht ein Topf mit einer Zimmerpflanze.

Während Anne sich noch in Mariannas Wohnzimmer mit Küchenzeile und Esstisch umschaut, ertönt hinter hier lautes Trapsen und ein kleiner Wirbelwind mit dunklen Haaren stürmt auf Marianna zu.

„Umarmungs-Alarm“, kreischt der Wirbelwind und macht einen großen Satz in Mariannas Arme, die sich nach hinten auf das Sofa fallen lässt.

„Kitzel-Alarm“, entgegnet Marianna und antwortet mit einer Kitzelattacke, die sie jedoch schnell beendet, weil Mila ganz außer Puste ist.

Inzwischen ist Milas Babysitterin ins Wohnzimmer gekommen. Sie scheint etwa im Alter von Annes Tochter Lena zu sein. Marianna bezahlt sie und fragt, ob alles mit Mila in Ordnung gewesen sei. Das Mädchen nickt. Dann fällt die Tür hinter ihr zu.

„Das ist Anne“, stellt Marianna sie ihrer Tochter vor. „Sie ist eine liebe Kollegin. Und das ist Mila.“

„Hallo Anne, liest Du mir was vor? Ich mag am liebsten das mit den magischen Tieren.“

Fröhlich plappernd zieht Mila Anne hinter sich her ins Kinderzimmer. Marianna lächelt entschuldigend, doch Anne zwinkert fröhlich zum Zeichen, dass das schon in Ordnung ist. Milas Lachen und ihre herzliche Art sind wie Balsam für ihre Seele.

LEBKUCHEN-CUPCAKES *mit Zimt-Frischkäse-Creme*

Zutaten für 12 Cupcakes

Cupcakes
100 g weiche Butter
75 g Rohrohrzucker
2 Eier
70 g Melasse
220 g Weizenmehl, Type 405
1 TL Backpulver
1 ½ TL Natron
2 Prisen Salz
2 TL Lebkuchengewürz
100 ml Milch

Frosting und Garnitur
300 g Frischkäse
80 g Rohrohrzucker
3–4 EL Milch
1 TL Zimtpulver
½ TL Espressopulver
75 g weiche Butter
Lebkuchen in Rentier-Form (optional, z. B. nach dem Rezept von Seite 87 bzw. 95)
Zimtpulver zum Bestreuen
Puderzucker zum Bestreuen

1. Den Backofen auf 180 °C Ober-/Unterhitze vorheizen. 12 Mulden eines Muffin-Blechs mit Papierförmchen auslegen.
2. Für die Cupcakes die Butter mit dem Rohrohrzucker schaumig schlagen, die Eier nach und nach einrühren. Die Melasse dazugeben und verrühren. Weizenmehl, Backpulver, Natron, Salz und Lebkuchengewürz mischen. Abwechselnd mit der Milch in die Buttermischung rühren. In die Förmchen füllen und im Ofen 20–25 Minuten backen (Stäbchenprobe). Auf einem Kuchengitter auskühlen lassen und aus den Formen heben.
3. Für das Frosting den Frischkäse, den Rohrohrzucker und die Milch mit einem elektrischen Handrührer glatt rühren, bis sich der Zucker aufgelöst hat. Den Zimt, das Espressopulver und die Butter auf höchster Stufe unterrühren. Im Kühlschrank 30 Minuten kalt stellen, dann mithilfe eines Spritzbeutels mit Sterntülle auf die Cupcakes dressieren.
4. Falls gewünscht mit Lebkuchen garnieren. Anschließend mit Zimtpulver und Puderzucker bestreuen..

14

Später sitzen Anne und Marianna mit zwei Weingläsern auf dem gemütlichen terracottafarbenen Sofa. Marianna reicht Anne warme Wollsocken und legt ihr eine kuschelige Decke über die Füße.

„Ich habe mich noch immer nicht ganz an das Klima hier gewöhnt“, sagt sie mit einem Lächeln.

Anne weiß nicht, wann jemand so etwas zuletzt für sie getan hat. Sie lächelt ebenfalls und allmählich fällt die Anspannung der letzten Tage von ihr ab. Ausnahmsweise ist sie einmal nicht für alles zuständig und niemand kräuselt hier seine Oberlippe. Herrlich!

Als Annes Magen laut und vernehmlich knurrt – vom Brot und der Kürbissuppe hat sie ja leider nichts abbekommen –, holt Marianna kommentarlos Baguette, Käse, Oliven und zum Dessert ein paar köstliche Haferflocken-Törtchen mit Erdnussbutter, und Anne denkt, dass ihr noch nie eine Mahlzeit so gut geschmeckt hat. Sie seufzt zufrieden.

In warme Decken gehüllt, unterhalten sich die beiden Frauen über Gott und die Welt. Über Annes Familie und warum sie heute einfach raus musste, über Mariannas Leben als alleinerziehende Mutter, über Portugal, Weihnachten und die Arbeit. Manchmal schweigen sie einfach nur und nippen an ihrem Wein. Anne erinnert sich nicht, wann sie zuletzt so unbeschwert war. Irgendwann fallen ihr einfach die Augen zu. Sie spürt noch, wie jemand ihre Füße hochlegt und die Decke sorgfältig nach oben zieht. Dann versinkt sie im Reich der Träume.

Haferflocken-Törtchen MIT ERDNUSSBUTTER UND SCHOKOLADE

Zutaten für 6 Törtchen

Boden
70 g Haferflocken
2 EL cremige Erdnussbutter
2 EL Ahornsirup
1 Prise Fleur de Sel

Creme
100 g cremige Erdnussbutter
1 EL Ahornsirup

Glasur
80 g dunkle Kuvertüre
⅔ TL Kokosfett
3–4 EL Karamellcreme (Glas), z. B. Biscoff-Aufstrich
2 EL fein gehackte Pistazien

1. Für den Boden die Haferflocken in einer Schüssel mit der Erdnussbutter, dem Ahornsirup und 1 Prise Fleur de Sel vermischen. Die Masse als Boden in die Vertiefungen einer 6er-Muffinform aus Silikon drücken und ca. 15 Minuten tiefkühlen.
2. Inzwischen für die Cremeschicht die Erdnussbutter mit dem Ahornsirup in einer Schüssel verrühren. Die Form aus dem Tiefkühler herausnehmen, die Erdnussbutter in die Mulden der Form verteilen, glatt streichen und die Form kalt stellen.
3. Für die Glasur die Kuvertüre hacken, mit dem Kokosfett über einem heißen Wasserbad schmelzen, dann wieder etwas abkühlen lassen. Die Kuvertüre auf die Erdnussbutterschicht in die Mulden gießen und die Form ca. 30 Minuten kalt stellen, bis die Kuvertüre fest ist. Anschließend die Törtchen aus der Form lösen. Die Karamellcreme in einen Papierspritzbeutel geben und dekorativ in dünnen Linien aufspritzen. Die Haferflocken-Törtchen mit gehackten Pistazien bestreuen und servieren.

15

„Wecker-Alarm", schreit jemand am nächsten Morgen in Annes linkes Ohr. Im Halbschlaf denkt sie kurz darüber nach, dass „Wecker" und „Alarm" irgendwie „doppelt gemoppelt" sind, bevor sie sich abrupt aufsetzt. Sie ist gestern einfach bei Marianna eingeschlafen! Anne ist schlagartig ein ganzes Stück wacher und das schlechte Gewissen meldet sich mit Vehemenz. Sie schaut sofort auf ihr Handy, doch noch immer wird ihr keine Nachricht angezeigt. Sie hat gestern Abend noch ihren Status auf „Bei einer Freundin" gesetzt und ein Bild von ihrem Weinglas geteilt, daher wissen alle, dass es ihr gut geht. Aber vermisst sie denn keiner?

„Guten Morgen, Schlafmütze. Frohe Weihnachten", grüßt Marianna fröhlich aus der Küche. „Möchtest du Kaffee?"

„Unbedingt", gähnt Anne und fügt mit leichter Verzögerung ein „Guten Morgen, ihr beiden" hinzu. Und mit etwas mehr Abstand ein leiseres „Euch auch frohe Weihnachten."

„Guten-Morgen-Alarm", ruft Mila währenddessen fröhlich, während sie keuchend in Kreisen um den Esstisch rennt. Wie kann man morgens nur schon so wach sein?, fragt sich Anne.

„Pausen-Alarm", sagt Marianna leise und wirft ihrer laut atmenden Tochter einen besorgten Blick zu.

„Na gut", antwortet Mila und setzt sich an den Tisch, um ein Malbuch mit Glitzerstiften zu bearbeiten. Ihre Atmung beruhigt sich nur langsam.

„Mila hat einen angeborenen Herzfehler. Sie ist schon zweimal operiert worden, und wahrscheinlich wird sie irgendwann ein Spenderherz brauchen", erklärt Marianna ohne ihre gewohnte Fröhlichkeit. „Es geht ihr aktuell gut, wir müssen nur ein bisschen vorsichtig sein. Wir machen das Beste draus." Dann geht sie zu Mila, nimmt sie fest in den Arm und drückt ihr einen dicken Kuss auf die Stirn.

„Iihh, Knutsch-Alarm", lacht Mila.

Anne weiß nicht, was sie sagen soll. Plötzlich erscheinen ihr ihre Sorgen so winzig im Vergleich zu denen von Marianna, die jeden Tag so lacht, als gäbe es nicht das Geringste, das sie bedrückt. Ihr wird auf einmal ganz heiß, als sie an Lena und Ben denkt, und ihr Herz schlägt schneller. Irgendwie findet sie Facetime und die Playstation jetzt gar nicht mehr so schlimm.

Schnelle Kuchen-Lollies OHNE BACKEN

Zutaten für 8 Lollies

Kuchenmasse
150 g Zartbitter-Schokolade
70 g Butter
500 g Rührkuchen, selbst gebacken oder Fertigprodukt, z. B. Schokoladenkuchen

Außerdem
120 g Vollmilchkuvertüre
150 g weiße Kuvertüre
2 TL Kokosfett
2 TL fein gehackte Mandeln
3 EL fein gehackte Pistazien
8 ovale Silikon-Stieleisförmchen

1. Für die Kuchenmasse die Schokolade hacken und mit der Butter in Stücken über einem heißen Wasserbad schmelzen, dann wieder kurz abkühlen lassen. Den Rührkuchen fein zerbröseln und in eine Schüssel geben. So viel von der noch flüssigen Schokoladen-Butter-Mischung untermengen, dass eine formbare Masse entsteht.
2. Die Masse in 8 ovale Silikon-Stieleisförmchen drücken, auf ein mit Backpapier belegtes Blech stürzen, jeweils 1 Holzstiel einstecken und die Lollies ca. 1 Stunde anfrieren lassen.
3. Inzwischen die Vollmilch-Kuvertüre sowie die weiße Kuvertüre separat hacken und jeweils mit 1 TL Kokosfett über einem heißen Wasserbad schmelzen. Die Kuchen-Lollies auf ein Gitter legen (Backpapier unterlegen) und zur Hälfte mit der Vollmilch-, zur Hälfte mit der weißen Kuvertüre überziehen. Die Hälfte der dunklen Lollies mit gehackten Mandeln bestreuen, die übrigen trocknen lassen. Restliche weiße Kuvertüre in einen Papierspritzbeutel geben und die beiden übrigen dunklen Lollies schräg mit dünnen weißen Kuvertürelinien verzieren. Restliche weiße Kuvertüre in einer schrägen breiten Linie auf den weißen Lollies verteilen und mit gehackten Pistazien bestreuen. Die Glasur trocken lassen und die Kuchen-Lollies servieren.

Tipp:
Statt Schokoladenkuchen eignet sich auch Zitronenkuchen gut. In diesem Fall die Brösel mit 100–150 g Frischkäse und etwas Lemon Curd zu einer formbaren Masse vermengen.

16

Zum Frühstück gibt es nach einer erfrischenden Dusche Müsli und Weihnachtsbrownies, die sich Marianna, Mila und Anne an diesem besonderen Tag gönnen. Sie setzt ihren Status neu mit einem Foto der morgendlichen Leckereien und wundert sich erneut, dass ihr bisher keiner aus der Familie eine Nachricht geschickt hat. Nicht einmal: „Mama, was gibt's zum Frühstück?" oder „Wo ist mein Weihnachtspulli mit der blinkenden Rentiernase?" Ben besteht darauf, jedes Jahr einen kitschigen Pullover an Weihnachten zu tragen – und jedes Jahr ist der Pulli mysteriöserweise verschwunden und muss in einer aufwendigen Suchaktion gefunden werden. Anne muss beim Gedanken an das übliche Weihnachstmorgenchaos in ihrer Familie lächeln.

Lenas heutiger Status zeigt sie vor ihrem Kleiderschrank – offensichtlich bei der lebenswichtigen Auswahl des heutigen Outfits. Es muss zu Hause also alles in Ordnung sein, denkt Anne.

„Wie feiert ihr beiden Weihnachten?", fragt sie Marianna, um sich vom Gedanken an zu Hause abzulenken.

„Milas Vater kommt heute Abend. Wir essen zusammen, und um 22 Uhr gehen wir in die Messe. Bescherung gibt es dann um Mitternacht, falls Mila so lange durchhält." Marianna lächelt ihre Tochter an, die bereits zum Protest ansetzt. „Jaja, ich weiß, natürlich bleibst du wach bis zur Bescherung. Ich erwähne jetzt nicht, dass du erst letztes Jahr kurz davor eingeschlafen bist und deine Geschenke erst am nächsten Morgen geöffnet hast."

„Ich bin jetzt aber viieeel älter", ruft Mila und Marianna entgegnet lachend: „Aber klar, Oma Mila!"

WEIHNACHTLICHE BROWNIES IN *Tannenbaumform*

Zutaten für 1 rechteckige Backform, ca. 18 × 24 cm

Teig
- 200 g Zartbitter-Kuvertüre
- 200 g Butter
- 4 Eier (Größe L)
- 200 g brauner Zucker
- 1 TL Bio-Orangenabrieb
- 5 EL eingelegtes und fein gehacktes Dörrobst, z. B. Mince Meat aus dem Glas
- 125 g Mehl
- 50 g Kakaopulver
- 2 TL Zimtpulver
- ¼ TL Nelkenpulver
- ½ TL Salz

Glasur
- 85 g Puderzucker
- 1 EL Milch oder nach Bedarf
- 2–3 Tropfen Vanilleextrakt
- grüne Lebensmittelfarbe
- weiße und pastellfarbene Zuckerperlen
- 10–15 Lebkuchensterne (optional, z. B. nach dem Rezept von Seite 95)
- 8 Schokoladenkekse; z.B. Fingers, halbiert, als Baumstämme

1. Den Backofen auf 180 °C Ober-/Unterhitze vorheizen. Eine rechteckige Backform mit Backpapier auslegen, dabei die Ränder etwas überstehen lassen.
2. Für den Teig die Kuvertüre hacken, mit der Butter über einem heißen Wasserbad schmelzen und wieder etwas abkühlen lassen. Die Eier mit dem Zucker und dem Orangenabrieb in einer Rührschüssel schaumig schlagen, dann das fein gehackte, eingelegte Dörrobst untermischen. Die Kuvertüre-Butter-Mischung zufügen und unterrühren. Mehl, Kakaopulver, Gewürze und Salz mischen, dazusieben und unterheben.
3. Alles zu einem dicken, glänzenden Teig vermengen, diesen in die vorbereitete Form füllen und im Ofen ca. 30 Minuten backen, bis er am Rand fest, in der Mitte aber noch weich ist.
4. Herausnehmen, abkühlen lassen, den Browniekuchen mithilfe des Papiers aus der Form heben und auf einem Kuchengitter abkühlen lassen. Aus dem Kuchen 10–15 Dreiecke schneiden.
5. Für die Glasur den Puderzucker mit der Milch, dem Vanilleextrakt und grüner Lebensmittelfarbe zu einer flüssigen Glasur verrühren. Diese in Linien als Girlande über die Brownie-Dreiecke träufeln und mit Zuckerperlen bestreuen. Nach Belieben jeweils noch einen Lebkuchenstern als Spitze anbringen. Die Glasur trocknen lassen, jeweils noch Schokoladenkekse als Stamm einstecken und die Brownies servieren.

17

Anne mag den Umgangston der beiden und die Ruhe, die bei Marianna herrscht. Zu Hause würde sie jetzt hektisch in der Küche hin und her rennen, um das abendliche Vier-Gänge-Menü vorzubereiten. Kurz wird Anne ganz anders beim Gedanken daran, doch dann lässt sie sich erneut von Mariannas entspannter Art anstecken und atmet tief durch. Heute will sie mal keinen Stress!

„Störe ich dich denn bei deinen Vorbereitungen?“, will sie trotzdem von Marianna wissen.

„Nein, du störst gar nicht“, lacht Marianna. „Ich mache keinen großen Aufwand. Den traditionellen portugiesischen Königskuchen habe ich schon gebacken, der Rest ist schnell gemacht, und zum Nachtisch gibt es Arroz doce. Das ist Milchreis mit Zimt und Zitrone, den machen Mila und ich nachher gemeinsam. Wichtig ist doch, dass wir zusammen eine gute Zeit haben – alles andere ist egal.“

Dann fügt sie hinzu: „Heute Morgen gehen Mila und ich noch in eine Suppenküche hier in der Nähe. Magst du mitkommen und helfen? Wir verteilen Tüten mit selbst gebackenen Plätzchen, und für jeden gibt es eine Suppe und ein Scheibe Weihnachtsstollen. Mila liebt es da – alle sind immer so nett zu ihr.“

Spontan beschließt Anne mitzukommen. Ihrer Familie scheint es gut zu gehen, und sie hat noch immer keine Lust, zu Hause dort mit dem Weihnachtsstress weiterzumachen, wo sie gestern aufgehört hat. Halbwegs erfolgreich schiebt sie den Gedanken an das für heute Abend geplante Menü auf die Seite.

„Lass uns gehen!“, ruft sie.

„Juhuu! Suppenküchen-Alarm“, jubelt Mila und läuft zur Tür.

WEIHNACHTLICHER MILCHREIS

mit karamellisierten Birnen

Zutaten für 4 Portionen:

4 Birnen
3 Sternanis
4 Zimtstangen
80 g Zucker
200 ml trockener Weißwein (alternativ weißer Traubensaft)
600 ml Milch
50 g Zucker
120 g Milchreis
80 g Zartbitter-Schokolade

1. Die Birnen schälen, entkernen und in Spalten schneiden.
2. Den Sternanis und die Zimtstangen in einem Topf anrösten, den Zucker einstreuen und karamellisieren lassen. Mit dem Weißwein ablöschen und bei niedriger Temperatur ca. 10 Minuten köcheln. Die Birnen aus dem Sirup nehmen und den Sirup dicklich einköcheln lassen.
3. Die Milch mit dem Zucker aufkochen lassen und den Reis einstreuen. Bei milder Hitze zugedeckt ca. 25 Minuten gar quellen lassen. Zwischendurch umrühren und nach Bedarf noch ein wenig Milch ergänzen.
4. Die Zartbitter-Schokolade grob raspeln. Die Birnenspalten, den Sirup und die Gewürze in tiefen Tellern anrichten. Den Milchreis darauf verteilen und mit den Schokoladenraspeln bestreut servieren.

18

In der Suppenküche versuchen Anne, Marianna und Mila zusammen mit vier weiteren Helferinnen gleichzeitig Tütchen mit Plätzchen herzurichten, Stollen zu schneiden und schon die ersten Mahlzeiten und Geschenktütchen zu verteilen. Die einfachen Tische sind zur Feier des Tages mit Kerzen und Tannenzweigen geschmückt. Die Dekoration ist schlicht, aber deswegen nicht weniger weihnachtlich. Je mehr Menschen kommen, desto festlicher wird die Stimmung. Es fühlt sich an, als hätten alle zur Feier des Tages ihr bestes Benehmen hervorgeholt und abgestaubt. Immer wieder hört Anne ein „Frohe Weihnachten" oder „Ganz herzlichen Dank". Die meisten Menschen lächeln sie an, wenn sie ihnen einen Teller und eine der bunt zusammengewürfelten Plätzchentüten reicht.

Anne arbeitet Hand in Hand mit einer älteren Dame, die sich als Erna vorstellt. Sie dürfte etwa fünfundsiebzig sein, denkt Anne. Von Anfang an mag sie Ernas höfliche, zurückhaltende Art. Für jeden hat sie ein freundliches Wort übrig, verliert aber bei aller Plauderei nie ihre Aufgabe aus dem Blick. Während Anne mit zunehmender Besucherzahl immer mehr in Stress gerät, wirkt bei Erna alles leicht und gut organisiert.

„Wie schaffst du das bloß?", fragt sie die ältere Frau, als eine Pause es zulässt.

„Ach", sagt Erna mit einem sanften, etwas wehmütig wirkenden Lächeln. „Das ist nichts im Vergleich zu meinem früheren Beruf. Ich habe ein kleines Museum geleitet, hier in der Nähe. Nur ein paar Räume, aber das einzige seiner Art. Wir hatten regelmäßig Besucher, manchmal auch Schulklassen, waren aber nur drei Personen. Dadurch gab es ständig viel zu tun. In einem Winter waren mal die beiden anderen krank und die Heizung war ausgefallen. Und eine Führung war gebucht. Du kannst dir vorstellen, was ich an dem Tag alles gleichzeitig machen musste. Ach, waren das schöne Zeiten," seufzt sie.

Quarkstollen-Konfekt MIT CRANBERRYS

Zutaten für 35–40 Stück

300 g Mehl
1 EL Backpulver
1 TL Zimtpulver
210 g weiche Butter
80 g Zucker
2 EL Vanillezucker
1 Prise Salz
150 g Quark
100 g getrocknete Cranberrys
40 g Mandelstifte
1 EL Milch
70 g Puderzucker zum Wälzen

1. Den Backofen auf 180 °C Ober-/Unterhitze vorheizen. Ein Backblech mit Backpapier belegen.
2. Das Mehl mit dem Backpulver und dem Zimt mischen und in eine Schüssel sieben. 120 g weiche Butter, den Zucker, den Vanillezucker und das Salz hellcremig rühren. Den Quark untermischen, dann die Mehlmischung unterziehen. Die Cranberrys, die Mandeln und die Milch untermengen, alles nochmals gut durchmischen und zu einem gut formbaren Teig verarbeiten. Bei Bedarf noch etwas Mehl oder Milch unterkneten.
3. Von dem Teig 35–40 Portionen abnehmen und zu unregelmäßigen Ovalen (4–5 cm lang) formen. Die Teiglinge auf das vorbereitete Blech legen und im Ofen 15–17 Minuten backen.
4. Inzwischen die übrige Butter in einer Kasserolle zerlassen. Das Stollen-Konfekt noch heiß mit der flüssigen Butter bestreichen, in Puderzucker wälzen und auf Kuchengittern auskühlen lassen.

19

„Und jetzt?“, fragt Anne. „Wie kommt es, dass du heute an Weihnachten hier bist und hilfst?“

Nach zwei Stunden gemeinsamer Bewältigung des Ansturms fühlt sich Erna für Anne so vertraut an, dass ihr gar nicht bewusst wird, dass die Frage möglicherweise zu privat sein könnte. Und dass sie selbst schließlich auch an einem Weihnachtsmorgen da ist statt bei ihrer Familie zu Hause.

Für einen kurzen Moment sieht Erna so traurig aus, dass Anne ihre Frage gerne zurücknehmen möchte. Dann blinzelt Erna und antwortet leise: „Jetzt? Jetzt bin ich alleine. Mein Mann und ich sind geschieden. Er hat wieder geheiratet. Und mein Sohn lebt in Amerika mit seiner Familie. Wir haben uns öfter gestritten und in den letzten Jahren irgendwie den Kontakt verloren.“ Nach einer kleinen Pause fügt sie leise hinzu: „Vielleicht meldet er sich ja morgen. Das wäre schön.“

Beide Frauen schweigen einige Momente. Dann fragt Erna: „Und du? Was machst du heute hier – am Weihnachtsmorgen? Bist du auch allein?“

Da erzählt ihr Anne alles: Vom Stress, das perfekte Fest ausrichten zu wollen, und dem Küchenchaos der Tiere, den nur noch virtuell verfügbaren Kindern, dem fehlenden Weihnachtsbaum, dem abwesenden Ehemann und der Schwiegermutter mit der gekräuselten Oberlippe. Doch statt Ärger zu fühlen wie gestern, muss Anne heute zusammen mit Erna bei der Erzählung lachen. Mit etwas Abstand betrachtet, kann sie auch die komischen Aspekte sehen. Plötzlich überfällt sie die Sehnsucht nach ihrer Familie und zu Hause.

„Ich muss gehen“, sagt Anne. „Ich muss zu meiner Familie.“

„Ja“, antwortet Erna und nickt ernst. „Das musst du. Sprecht miteinander. Versöhnt euch. Mach nicht den gleichen Fehler wie ich. Es ist so schwer, Mauern wieder einzureißen, wenn sie einmal gebaut sind.“

SCHOKO-Zitronenstäbchen

Zutaten für ca. 50 Stück

Teig
100 g Butter
100 g Puderzucker
1 Ei
1 Eigelb
1 Prise Salz
1 Msp. Vanillemark
1 TL Bio-Zitronenabrieb
160 g Mehl
¼ TL Backpulver

Außerdem
75 g Lemon Curd
200 g Zartbitter-Kuvertüre

1. Für den Teig die Butter und den Puderzucker mit einem Handrührgerät leicht schaumig schlagen. Das Ei und das Eigelb mit dem Salz, dem Vanillemark und dem Zitronenabrieb nach und nach zur Butter-Zucker-Mischung geben. Das Mehl und das Backpulver mischen, über die Butter-Zucker-Mischung sieben und vorsichtig unterheben.
2. Den Backofen auf 180 °C Ober-/Unterhitze vorheizen. Ein Backblech mit Backpapier belegen.
3. Den Teig in einen Spritzbeutel mit Lochtülle (ca. 1 cm) füllen und 3 cm lange Stäbchen mit etwas Abstand auf das Backpapier spritzen. Im Ofen auf der mittleren Schiene 8–10 Minuten goldbraun backen. Herausnehmen und leicht abkühlen lassen.
4. Je zwei Zitronenstäbchen mit etwas Lemon Curd zusammensetzen und fest werden lassen.
5. Die Kuvertüre grob hacken, in einer hitzebeständigen Schüssel über einem heißen Wasserbad schmelzen und anschließend etwas abkühlen lassen. Die Stäbchen schräg zur Hälfte hineintauchen und auf Backpapier trocknen lassen.

20

Anne hat eine spontane Eingebung.

„Möchtest du vielleicht mitkommen zu mir und meiner Familie?", fragt Anne. „Ich mag den Gedanken nicht, dass du heute ganz alleine bist. Und ich könnte dein Organisationstalent gebrauchen, wenn ich es schaffen will, heute Abend noch etwas zum Essen zu servieren."

Erna zögert kurz. Dann nickt sie.

„Gerne. Ich bin mir sicher, dass sogar Hildes Oberlippe besser ist als an Weihnachten alleine zu sein", sagt sie mit einem Lächeln.

Anne verabschiedet sich von Marianna mit einer Umarmung und einem dicken „Danke für gestern Abend." Auch Mila drückt sich kurz an Anne. „Bis bald", sagt sie fröhlich, und Anne antwortet: „Ja, bis bald." Sie ist sich sicher, dass sie Marianna und Mila jetzt öfter sehen wird.

Dann brechen Erna und sie auf, um sich in die Höhle von Annes Familienlöwen zu wagen. Anne fragt sich mit mulmigem Gefühl, was sie wohl zu Hause erwartet. Schließlich ist sie mittlerweile seit rund zwanzig Stunden nicht zu Hause gewesen. Wird Jan wütend sein, weil sie ihn mit den Kindern und seiner Mutter alleine gelassen hat? Ist mit weiteren missbilligenden Blicken von Hilde zu rechnen? Immerhin hat Anne aus Hildes Sicht den fehlerlosen und völlig überarbeiteten Sohn zurückgelassen, ohne ihm eine abendliche Fußmassage und ein verständnisvolles „Mein armer gestresster Schatz" zukommen zu lassen – so zumindest Hildes Wunschdenken. Haben sich die Kinder gestritten? Und hat hoffentlich jemand daran gedacht, die Tiere zu füttern? Hat sie überhaupt irgendjemand vermisst?

Anne ist froh, dass sie Erna zur Unterstützung an ihrer Seite hat, auch wenn sie sich erst seit einigen Stunden kennen. So muss sie sich der Situation wenigstens nicht alleine stellen.

Hübsch verzierte LEBKUCHEN-PLÄTZCHEN

Zutaten für ca. 10 Plätzchen

Teig
75 g Butter
125 g Honig
125 g brauner Zucker
40 g gemahlene Mandeln
200 g Mehl + etwas zum Arbeiten
½ EL Kakaopulver
½ TL Zimtpulver
1 TL Lebkuchengewürz
½ TL Bio-Zitronenabrieb
1 Ei
½ TL Pottasche
1 EL Rum

Zum Verzieren
100 g Puderzucker
2–3 TL Zitronensaft

Außerdem
weihnachtliche Ausstecher, ca. 8–10 cm hoch

1. Die Butter in Stücke schneiden und mit dem Honig und dem Zucker in einen Topf geben. Unter Rühren erhitzen, bis sich der Zucker aufgelöst hat. In eine große Rührschüssel geben und abkühlen lassen.
2. Anschließend die Mandeln, das Mehl, das Kakaopulver, die Gewürze, den Zitronenabrieb und das Ei zugeben und mit dem Handrührgerät (Knethaken) gründlich durchkneten (evtl. noch etwas Mehl zugeben). Die Pottasche in einem kleinen Schälchen mit dem Rum glatt rühren. Zum Teig geben und weiterkneten, bis der Teig glänzt und nicht mehr klebt. Die Schüssel mit einer Frischhaltefolie abdecken und 8 Stunden oder über Nacht im Kühlschrank ruhen lassen.
3. Den Backofen auf 180 °C Umluft vorheizen.
4. Ein Backblech mit Backpapier auslegen. Den Teig auf einer bemehlten Fläche ca. 7–8 mm dick ausrollen und weihnachtliche Formen ausstechen. Auf das Backblech legen und im heißen Ofen 18–20 Minuten backen. Kurz abkühlen lassen, vorsichtig vom Blech lösen und auf einem Kuchengitter auskühlen lassen.
5. Zum Verzieren den Puderzucker mit so viel Zitronensaft glatt rühren, dass ein dickflüssiger Guss entsteht. In eine kleine Spritztüte füllen und die Lebkuchen damit verzieren. Den Guss gut trocknen lassen.

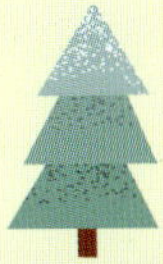

21

Noch immer nieselt es. Annes Schritte werden langsamer, als beide Frauen den Vorgarten betreten. Ihr Herz schlägt ihr mittlerweile bis zum Hals. Da wird die Haustür aufgerissen und Ben stürmt heraus, gefolgt von einer aufgeregt bellenden Kira.

„Mama, du bist da!", jubelt er und umarmt fest ihre Mitte, bis Anne das Gefühl hat, mehrere Kilo schlanker geworden zu sein. „Ich hab dich vermisst!"

Währenddessen springt die Hündin freudig um die beiden herum, bevor sie vorsichtig Bekanntschaft mit Erna schließt. Sogar Katze Minou hat sich huldvoll auf die Haustreppe bemüht und macht durch ihre Miene deutlich, dass ihre Anwesenheit als besondere Ehre zu werten ist. Jan ist inzwischen zur Tür gekommen und lehnt lässig im Türrahmen. Einzig die Finger seiner rechten Hand, die rhythmisch auf seinen Oberschenkel klopfen, verraten, dass er innerlich nicht ganz so gelassen ist, wie er scheinen will. Anne tritt langsam auf ihn zu und schaut ihm in die Augen.

„Hi", sagt sie und lächelt ihn vorsichtig an.

„Auch hi", sagt Jan und nimmt sie sanft in den Arm. „Ich hab dich vermisst. Und ich bin ein Idiot. Du glaubst gar nicht, wie schwer es mir gefallen ist, dir deinen Freiraum zu lassen und mich nicht dauernd bei dir zu melden. Aber ich hatte das Gefühl, du brauchst Zeit für dich", flüstert er in Annes Ohr und seine Worte sind Balsam für ihre Seele. „Es tut mir leid. Wegen dem Baum und so. Und wegen der Arbeit." Nach einer kleinen Pause fügt er noch hinzu: „Und wegen meiner Mutter."

Anne lächelt. „Danke. Mir tut es auch leid. Ich wollte unbedingt das perfekte Weihnachten haben. Dabei ist es doch nur wichtig, dass wir zusammen sind. Und so gesund wie möglich." Noch einmal umarmt sie ihren Mann.

WEIHNACHTLICHE BUTTERCREMETORTE *mit Lebkuchen*

Zutaten für 2 hohe Springformen mit 18 cm Ø

Torte
8 Eier
½ TL Salz
180 g Zucker
2 EL Vanillezucker
115 g Mehl
2 TL Backpulver
50 g Speisestärke
60 g gemahlene Mandeln

Creme
400 g Frischkäse
100 g Puderzucker
250 g weiche Butter

Dekoration
Lebkuchenplätzchen (Rezept Seite 87)
Zuckerschneeflocken

1. Den Backofen auf 180 °C Umluft vorheizen.
2. Den Boden von 2 hohen Springformen (ca. 18 cm Ø) mit Backpapier auslegen. Die Eier trennen und das Eiweiß mit dem Salz steif schlagen. Die Hälfte des Zuckers einrieseln lassen und den Eischnee weiterschlagen, bis er glänzt und Spitzen zieht. Das Eigelb mit dem übrigen Zucker und dem Vanillezucker cremig rühren. Das Mehl mit dem Backpulver, der Stärke und den Mandeln vermischen und abwechselnd mit dem Eischnee unter die Eigelbcreme ziehen.
3. Den Teig in die Backformen verteilen, glatt streichen und im Ofen ca. 40–45 Minuten backen (Stäbchenprobe). Herausnehmen, kurz abkühlen lassen, vorsichtig aus den Formen lösen und auf Kuchengittern abkühlen lassen. Die Böden waagerecht halbieren, sodass sich insgesamt 4 Böden ergeben.
4. Für die Creme den Frischkäse mit dem Puderzucker glatt rühren. Die weiche Butter mit den Quirlen eines elektrischen Handrührers untermixen.
5. Drei Böden mit Creme bestreichen und auf einer Tortenplatte übereinander schichten. Den vierten Boden auflegen, die Torte ringsum mit der restlichen Creme einstreichen und ca. 3 Stunden kalt stellen. Herausnehmen, die Torte ringsum mit Lebkuchenplätzchen verzieren und mit Zuckerschneeflocken garnieren.

22

Eine Weile halten sich Jan und Anne einfach nur fest. Dann spüren sie, wie sich von hinten kleine Hände um sie legen, und sie beziehen Ben lachend in ihre Umarmung mit ein. Annes Blick fällt dabei auf ihre Tochter Lena, die inzwischen auch an die Tür gekommen ist und anscheinend nicht genau weiß, wie sie mit der Situation umgehen soll. Als Vierzehnjährige ist sie einerseits zu cool, um ihre Eltern einfach zu umarmen, während sie andererseits doch gerne dazugehören würde.

„Komm", sagt Anne. „Familienkuscheln."

Um ihre Würde als Quasi-Erwachsene zu wahren, verzieht Lena ein bisschen das Gesicht und schließt sich dann der Familienumarmung an.

„Hallo, Mama", sagt sie leise. „Gut, dass du wieder da bist."

„Stimmt", hört Anne jemanden von der Seite sagen. „Wir sind alle froh, dass du wieder hier bist."

Hilde! Anne kann es kaum fassen, dass sie diese Worte einmal von ihrer Schwiegermutter hören darf. Vermutlich sollte sie sich nicht daran gewöhnen, aber jetzt tun sie ihr so gut. Sie hebt den Kopf und lächelt Hilde an.

Dann erinnert sie sich plötzlich an die andere ältere Dame, die noch immer geduldig lächelnd im Nieselregen vor der Haustreppe steht.

„Erna! Entschuldige bitte! Komm rein! Das sind Jan, Ben, Lena und Hilde!"

Dann wendet sie sich an ihre Familie: „Und das ist Erna. Ihre Familie ist in Amerika und sie feiert heute Weihnachten mit uns."

Falls ihre Familie überrascht ist, dass Anne nach ihrer Auszeit mit einer unbekannten älteren Dame zurückkehrt, zeigt es niemand. Alle lächeln Erna an und sagen freundlich Hallo. Hilde – stets die perfekte Gastgeberin – verstaut Ernas Mantel und Regenschirm an der Garderobe und bietet ihr dann den besten Platz auf dem bequemen Sessel an.

Kranz aus LEBKUCHEN-PLÄTZCHEN

Zutaten für 1 Kranz mit ca. 45 Plätzchen

Teig
150 g Honig
50 g Zucker
40 g Butter
300 g Mehl + etwas zum Arbeiten
2 TL Lebkuchengewürz
1 TL Backpulver
1 Ei

Zum Zusammensetzen
1 Eiweiß
200 g Puderzucker + etwas zum Bestäuben
1 TL Zitronensaft

Außerdem
Sternausstecher in 3–4 verschiedenen Größen (ca. 3–6 cm)

1. Den Honig mit dem Zucker und der Butter in einem kleinen Topf erhitzen und rühren, bis sich der Zucker gelöst hat. Abkühlen lassen.
2. In einer Rührschüssel das Mehl mit dem Lebkuchengewürz und dem Backpulver mischen. Die Honig-Butter mit dem Ei zugeben und alles zu einem glatten Teig verkneten. In Frischhaltefolie wickeln und ca. 30 Minuten kühlen.
3. Den Backofen auf 180 °C Umluft vorheizen. Zwei Backbleche mit Backpapier belegen.
4. Den Teig auf bemehlter Fläche 5–6 mm dünn auswellen und Sterne in verschiedenen Größen ausstechen. Auf die Bleche legen und 10–15 Minuten goldbraun backen. Die Plätzchen mit dem Papier vom Blech ziehen und auskühlen lassen.
5. Zum „Kleben“ das Eiweiß aufschlagen. Nach und nach den Puderzucker einsieben und mit dem Zitronensaft zu einem dicken Guss verrühren. In ein Spritztütchen füllen und mit Hilfe des Gusses die Sterne in mehreren Schichten zu einem Kranz zusammensetzen. Dabei mit den größten Sternen in der unteren Schicht beginnen. Gut trocknen lassen. Mit Puderzucker bestäuben.

23

„Wir haben schon mal mit dem Baum angefangen", sagt Jan stolz und zeigt auf den zur Hälfte geschmückten Weihnachtsbaum. „Wir haben einfach die schönsten Sachen aufgehängt."

Zuerst erschrickt Anne ein bisschen, denn von ihrem sorgfältig für dieses Jahr geplanten Weihnachtsbaum-Farbschema „Lila mit Mintgrün" ist weit und breit nichts zu erkennen. Eigentlich scheint der Baum den Begriff „Farbschema" sogar noch nie gehört zu haben. Stattdessen haben Jan und die Kinder einfach alle ihre Lieblingsstücke an die Zweige gehängt. Da sitzt das zarte, blau-goldene Weihnachtsvögelchen neben einem länglichen, rot glitzernden Glas-Ornament, während daneben eine Weihnachts-Diskokugel mit kleinen Spiegelsteinen baumelt. Dann muss Anne lachen.

„Ihr habt recht", sagt sie. „Das Leben ist zu kurz, um die schönen Stücke für nächstes Jahr aufzusparen."

Und wenn sie ehrlich ist, ergibt sich daraus ein unheimlich buntes, glitzerndes, aber wunderschönes Gesamtbild. Zusammen geben sie dem Baum noch den letzten Schliff, schließen hier und da eine Lücke mit einer bunten Kugel oder einem Glasornament, bringen die Lichterkette an und setzen die silberne Spitze auf den in allen Farben schillernden Weihnachtsbaum. Sogar einige der extra für dieses Jahr gekauften lila- und mintfarbenen Kugeln kann Anne entdecken!

Dabei albern sie und lachen, während Hündin Kira durch ihre Beine wuselt und Ben mindestens einmal fast zu Fall bringt. Minou hat es sich auf Ernas Schoß bequem gemacht, und Hilde sucht inzwischen selbstständig nach einem Tee für sich und Erna in der Küche, statt wie sonst auf Annes Bedienung zu warten.

Frohes Fest!
ho ho ho

Blutorangen- SAHNETORTE

Zutaten für 1 Springform mit 20 cm Ø

Tortenböden
2 Bio-Blutorangen
5 Eier
200 g Zucker
1 Prise Salz
200 g gemahlene blanchierte Mandeln
50 g Speisestärke
2 EL Orangenlikör, z. B. Grand Marnier

Füllung
3 Blatt Gelatine
3 Bio-Blutorangen
400 g Frischkäse
1 EL Bio-Orangenabrieb
100 g Puderzucker
2 EL Orangenlikör
200 ml Sahne
40 ml Orangensaft

Zum Garnieren
3 Zweige Rosmarin
Puderzucker zum Bestäuben
weihnachtliche Schokoladendeko (optional)

1. Für die Tortenböden die Blutorangen heiß waschen. Die Schale mit einem Sparschäler dünn abziehen und hacken. Die restliche Schale entfernen und das Fruchtfleisch würfeln. Die abgezogene Schale und das Fruchtfleisch in einem Topf bei niedriger Temperatur 10 Minuten zugedeckt köcheln, fein pürieren und dann abkühlen lassen.
2. Den Backofen auf 165 °C Ober-/Unterhitze vorheizen. Den Boden einer Springform (20 cm) mit Backpapier auslegen.
3. Die Eier trennen. Das Eiweiß mit 100 g Zucker und 1 Prise Salz steif schlagen. Das Eigelb mit dem restlichen Zucker hell und schaumig schlagen. Das Orangenpüree, die Mandeln und die Speisestärke mit dem Likör in die Eigelbmasse rühren. Das Eiweiß vorsichtig unterheben. Den Teig in die vorbereitete Form füllen und im Ofen ca. 40 Minuten backen (Stäbchenprobe). Im Ofen abkühlen, dann vollständig auskühlen lassen und aus der Form nehmen. Die Oberseite des Tortenbodens begradigen und waagerecht halbieren.
4. Für die Füllung die Gelatine in kaltem Wasser einweichen. Die Blutorangen heiß waschen und 2 davon in Scheiben schneiden. Den Frischkäse mit dem Orangenabrieb und dem Puderzucker glatt rühren. Die ausgedrückte Gelatine in einem kleinen Topf im erwärmten Orangenlikör auflösen. Die Sahne steif schlagen. Die Gelatine und den Orangensaft in den Frischkäse rühren, die Sahne unterheben.
5. Einen Tortenboden in einen Tortenring (20 cm) legen. Die Orangenscheiben rundherum am Rand entlang aufstellen. Die Frischkäsecreme einfüllen und den zweiten Tortenboden einsetzen. Im Kühlschrank 3 Stunden kalt stellen. Vorsichtig aus dem Tortenring lösen und auf eine Tortenplatte setzen. Mit Orangenscheiben, Rosmarin und Schokolade dekorieren und mit Puderzucker bestäuben.

24

Am Abend sitzen sie neben dem bunt glitzernden Baum dicht gedrängt auf dem Sofa und in den zwei Sesseln. Die ganze Familie trägt Weihnachtspullis. Selbst für Hilde und Erna haben sich noch zwei besonders kitschige Exemplare gefunden, und Hilde hat es geschafft, ihren mit guter Miene anzuziehen. Für die Vorbereitung eines Weihnachtsmenüs war keine Zeit mehr, aber merkwürdigerweise macht es Anne nichts aus, dass alle ihre Pläne hinfällig sind. Viel wichtiger als das perfekte Dinner ist ihr das friedliche Zusammensein mit ihrer Familie, und sie ist froh, dass ihr das heute geschenkt wird, auch wenn es gestern noch ganz anders aussah. Unsere Zukunft entsteht aus dem, was wir heute denken und tun. Wir müssen nur den Fokus auf die wirklich wichtigen Dinge legen, denkt Anne.

Statt beim formellen Menü am Esstisch sitzen nun alle bequem um den großen Couchtisch und essen ganz entspannt mit dem Teller in der Hand. Vom Vortag ist noch Kürbissuppe da; die gibt es zusammen mit frisch geröstetem Brot als Vorspeise. Hilde hat sich als krisenerprobte Köchin erwiesen: Es ist ihr gelungen, mit den vielen Zutaten, die Anne für ihr Menü gekauft hatte, einige wunderbar dekorierte Fingerfood-Platten herzurichten. Und wie sich herausstellte, kennt Erna ein himmlisches Rezept für eine weihnachtliche Blutorangen-Sahnetorte, die sie mit einem Weihnachtspunsch als Dessert serviert.

Satt und zufrieden beginnt Anne „Stille Nacht" zu summen. Etwas schräg und nicht immer textsicher stimmen die anderen mit ein. Sie denkt dabei an die Menschen, die sie in den letzten vierundzwanzig Stunden getroffen hat: den wohlhabenden, aber einsamen Peter, Marianna und Mila, die ihren Sorgen mit einem Lachen begegnen, und Erna, die manches bereut und Weihnachten nun wider Erwarten doch nicht alleine ist. Diesen drei Begegnungen verdankt Anne ihr gar nicht perfektes, aber schönstes Weihnachtsfest der Welt.

„Es schneit", ruft Ben plötzlich. Und tatsächlich: Der Dauernieselregen der letzten Tage ist klammheimlich in Schnee übergegangen. Dicke, watteweiche Schneeflocken schweben lautlos vor der Terrassentür zu Boden. Kitsch-Alarm, denkt Anne und lächelt leise vor sich hin. Die Bescherung kann noch warten.

WEIßER WEIHNACHTS-PUNSCH

mit Birne und Zimt

Zutaten für 4 Gläser

550 ml trockener Weißwein (alternativ Trauben- oder Apfelsaft)
200 ml Birnensaft
50 ml Rum (optional)
1 Birne
1 Stängel Zitronengras
30 g Ingwer
4 EL Agavensirup
1 Zimtstange

1. Den Weißwein oder Traubensaft, den Birnensaft und den Rum (optional) in einem Topf verrühren.
2. Die Birne waschen, in Scheiben schneiden und dazugeben. Das Zitronengras vom äußeren Blatt befreien und in 3–4 cm Abschnitte schneiden. Den Ingwer schälen und in dünne Scheiben schneiden.
3. Zitronengras, Ingwer, Agavensirup und Zimtstange mit in den Topf geben und alles bis kurz vor dem Kochen erhitzen. Zugedeckt ca. 15 Minuten ziehen lassen, dann den Punsch in Gläser abseihen und mit Birnenscheiben garnieren.

REZEPTREGISTER